DE CASTA

DE CASTA

Carlos Rivera Albarrán

Copyright © 2011 por Carlos Rivera Albarrán.

Número de Control de la Biblioteca del Congreso de EE. UU.: 2011961466
ISBN: Tapa Dura 978-1-4633-1377-7
Tapa Blanda 978-1-4633-1369-2
Libro Electrónico 978-1-4633-1376-0

Todos los derechos reservados. Ninguna parte de este libro puede ser reproducida o transmitida de cualquier forma o por cualquier medio, electrónico o mecánico, incluyendo fotocopia, grabación, o por cualquier sistema de almacenamiento y recuperación, sin permiso escrito del propietario del copyright.

Esta es una obra de ficción. Cualquier parecido con la realidad es mera coincidencia. Todos los personajes, nombres, hechos, organizaciones y diálogos en esta novela son o bien producto de la imaginación del autor o han sido utilizados en esta obra de manera ficticia.

Este Libro fue impreso en los Estados Unidos de América.

Para pedidos de copias adicionales de este libro, por favor contacte con:
Palibrio
1663 Liberty Drive
Suite 200
Bloomington, IN 47403
Llamadas desde los EE.UU. 877.407.5847
Llamadas internacionales +1.812.671.9757
Fax: +1.812.355.1576
ventas@palibrio.com
379452

INDICE

1 LA QUINTA ESTANCIA 9
2 LUIS Y MÓNICA 17
3 EL ÁLBUM 24
4 DIEZ AÑOS 31
5 SCOTTIE 37
6 EL REENCUENTRO 42
7 EL DIVORCIO 46
8 LA REMODELACIÓN 54
9 LOS AÑOS DE SOLEDAD 58
10 LA FAMILIA DE MÓNICA 65
11 JUNTOS OTRA VEZ 68
12 EL ADIÓS 71

DEDICATORIA

Esto no hubiera sido posible sin su apoyo... ¡gracias!... Adriana Valadez, Jorge Rivera, Mónica Mata, Beatriz Rivas, Laura Corona, Pablo Rivera, Elizabeth Zepeda, Sarai Jaimes, Alejandra Rivera.

A María Estela, a Mariana, a Juan Pablo, Constanza y Santiago, a Alonso y Álvaro, a Silvia y Bárbara, a Martha y Eduardo.

A Nick, Noobie y Pienaar...

A todos los perros del mundo, de quienes nosotros los humanos hemos desaprovechado un sinfín de enseñanzas que nos harían mucho mejores personas.

A quién me enseñó que el amor incondicional y desinteresado si existe y que por el escribí este libro...

A Dios...

1

LA QUINTA ESTANCIA

Santiago llegó a La Quinta Estancia, la finca que su tío Luis le heredó. La maleza estaba crecida por el abandono; después de cinco años, el juicio de impugnación del testamento había terminado. Cuando su tío murió, Santiago sólo tenía diecisiete años y se había mantenido indiferente al desarrollo del proceso, pero ahora tenía muchos deseos de conocer la propiedad y sobre todo, de saber los detalles por los cuales fue escogido como heredero.

Al llegar, Santiago fue recibido por Dolores, el ama de llaves. Ella, sin asombro alguno y sabiendo de quién se trataba, le dio la bienvenida y dijo: "Él es Scottie", mostrando a un viejo perro Scottish Terrier. Sí, lo recuerdo —respondió

Santiago— era muy juguetón. ¡Me sorprende¡, ¡ha vivido muchos años!
—Solamente le cuesta trabajo moverse— agregó Dolores.
—¿No te acuerdas de mí?— dijo Santiago, inclinándose hacia él.

Santiago se puso de pie, Scottie también lo hizo; los movimientos de éste último eran lentos, siguió a Santiago por el recorrido en toda la casa.

Santiago había viajado durante casi seis horas desde la Ciudad de México hasta San Luis Potosí para conocer su herencia y a cada instante, iba siendo inundado de un sentimiento de curiosidad, comenzaba a enamorarse del lugar.

La voz de Dolores lo sobresaltó:
—Este lugar requiere de una fortuna para reconstruirse.
—¡Menuda herencia!— exclamó Santiago y sonrió. —La alberca ¿alguna vez se utilizó?
—Todo se utilizó, la bonanza de esta casa fue maravillosa; el amor fue lo que la mantuvo durante sus mejores años.
—¿Qué pasó?, ¿por qué se vino abajo todo?

—Es una larga historia— contestó Dolores y dio media vuelta, evitando seguir hablando del tema.

Santiago no parpadeaba, no preguntaba; sus pensamientos giraban en torno a lo que pudo haber sucedido en esa casa. Scottie y Dolores eran los únicos testigos, porque sus padres jamás hablaron mucho de su tío Luis ni de la finca.

—Es tarde— dijo Santiago— debo regresar para no manejar demasiado de noche, vuelvo el fin de semana que entra.

—Si joven, yo lo espero.

—¡Ah!, tome— Santiago entregó dinero a Dolores, quién agradeció pero no lo aceptó pues respondió que no lo necesitaba.

Santiago acarició a Scottie. El perro, antes de mirada vivaracha, ahora se limitaba a observar fijamente al visitante.

El camino de regreso fue más corto. Santiago quería saber más de su tío; supuso que ser el único ahijado de Luis en la familia, le había dado el derecho de recibir la herencia, su tío no había tenido hijos. Quería conocer la vida de su padrino y de la mujer que tanto amó, según Dolores.

Tenía prisa por volver a casa; así como sus padres le hablaban del rancho de su abuelo, él quería contarles de la finca.

Santiago era el menor de tres hermanos, era el único soltero, recién había terminado su carrera de arquitectura y vivía con sus padres; ellos estaban escépticos sobre la propiedad que su hijo acababa de recibir. Esteban, su padre, en silencio había pensado en lo absurdo de tener una casona tan alejada y deteriorada; recordaba los problemas que hubo para mantener el rancho cuando murió el abuelo. No quería influir en Santiago, pero estaba seguro de que éste pronto perdería el interés.

Durante el viaje de regreso, Santiago no dejaba de pensar en aquel lugar. Cuando llegó, platicó muy entusiasmado de La Quinta Estancia a sus padres, Esteban y Juliana. Ambos se quedaron asombrados de que Scottie aún estuviera vivo, cuando Santiago y sus hermanos eran pequeños tuvieron un cachorro hijo de Scottie. Aquel perro había muerto por viejo tres años atrás y fue sepultado en el jardín de la abuela de Santiago, junto con otros animales de la familia. Ese pequeño cementerio era lugar de reunión para los primos que juntos recordaban las divertidas anécdotas de sus animalitos.

Santiago contaba con tanto entusiasmo los detalles de la propiedad, pese a que estaba en malas condiciones. Esteban y Juliana sólo escuchaban con gran incertidumbre.

Esa noche, Santiago no pudo dormir, recordaba poco a su tío, nunca había sostenido una conversación de más de tres minutos con él; sólo recibía saludos y felicitaciones.

Al día siguiente, un domingo como cualquier otro, durante el desayuno, Santiago pidió a Esteban que le contara sobre Luis.

—¿Qué quieres saber?
—¿Por qué se alejó de todos? ¿qué pasó con Mónica y por qué nunca hablan de ella?
—Es una historia que no entendí nunca. Tu tío y Mónica siempre se aislaban de todos, qué más te puedo decir— dijo Esteban, más concentrado en el periódico y el café que en la conversación.
—¿Y Scottie?, es sorprendente que un perro viva tantos años.
—Sí, es de llamar la atención...

La plática no había servido de mucho. La otra opción de Santiago era visitar a su abuela, pero no quería abrumarla, dado que era una persona mayor.

Se concentró en comenzar la semana normalmente y volver el fin de semana con Dolores, quizá ella fuese más accesible. Imaginaba cómo quedaría la finca una vez remodelada, le ilusionaba la idea de su primera casa.

Una semana después, Esteban encontró a Santiago empacando y preguntó a dónde iba.

—Voy a pasar la noche en la finca, quiero estar más tiempo ahí para decidir qué hago con ella.

Santiago salió a las seis de la mañana para aprovechar el tiempo. Sentía de nuevo, la emoción en el estómago de regresar a "su propiedad".

El trayecto se le hizo más largo que el anterior por el ansia de llegar. Era un día soleado y estaba contento de volver. Dolores lo esperaba y junto con ella, como guardaespaldas, Scottie.

Dolores se había esmerado en prepararle su recámara, la misma que fue de su tío Luis para que no fuera tanta la incomodidad del nuevo dueño del lugar. Santiago le entregó las bolsas con comida para una semana y llevó un pequeño refrigerador; conectó la luz de manera clandestina ya que desde hacía tiempo el servicio había sido cancelado.

Santiago preguntó sobre Luis y Mónica, Dolores sólo respondió:
—Los dos fueron muy buenos conmigo, incluso crearon un fideicomiso para que recibiera una pensión hasta el día de mi muerte, la condición del señor Luis es que me mantuviera al pendiente de la finca hasta que el nuevo dueño llegara.
—¿Por qué yo?—preguntó Santiago —supongo que también hay familiares de Mónica.
—No tengo la menor idea— contestó Dolores en tono sincero, —la señora murió un mes antes que él; supongo que si él hubiera muerto primero, ella habría heredado a alguno de su familia.

Santiago había obtenido la primera información relevante. Comenzó a hurgar por toda la casa, estaba comenzando a sentir una obsesión por la vida de sus tíos, ¿por qué se omitía hablar de ellos?, ¿por qué sentía que su padre no lo apoyaba? ¿Por qué Dolores se refería a una maravillosa historia de amor si nadie antes la había mencionado? Los comentarios sobre su tío nunca fueron malos, pero había cierta evasión cuando se le mencionaba. ¿Porque Scottie no se había quedado con la abuela si siempre ha querido mucho a los animales? El corazón de Santiago latía más fuerte. Había decidido saber toda la historia, quería restaurar el lugar y preservar sus detalles.

—Dolores, siéntese conmigo a comer. Fue una pena que no haya conocido a fondo a mi padrino, sé que era una buena persona. ¿Cuánto tiempo trabajó para mi tío y Mónica?
—Fueron más de veinte años.
—Cuénteme de mi tío.

Dolores levantó la vista y comenzó a platicar más fluidamente:
—Era un buen hombre, muy reservado y callado, durante los primeros diez años que trabajé para ellos prácticamente nunca platiqué con él, toda mi comunicación era con la señora. Ella siempre cuidó de mí y de mi familia. Cuando se divorciaron, ella se fue de la casa donde vivíamos y regresó a la Ciudad de México; seguí trabajando un tiempo más

15

para el señor Luis, nunca tuve problemas con él, siempre fue muy buena persona conmigo.

Eso confundía cada vez más a Santiago, pues mientras más escuchaba a Dolores menos entendía lo que había pasado y menos sabía por dónde preguntar; sabía del divorcio de Luis y Mónica, pero nunca conoció su historia y ahora que había recibido la finca sintió curiosidad por saber más de ellos. No recordaba a Mónica con precisión, aunque sí conoció a otras mujeres con las que su tío salía. Dolores le dijo que Luis y Mónica nunca dejaron de amarse y por ello habían pasado juntos los últimos años de su vida en la finca.

Terminaron de comer y Santiago fue a recostarse un rato, se preguntaba ¿por qué Luis y Mónica habían terminado en absoluto aislamiento? Scottie desde el piso lo veía fijamente, Santiago lo cargó y subió a su cama donde se acurrucó y se durmió.

2

LUIS Y MÓNICA

Se conocieron en abril de 1987 durante una cena. Mónica acompañaba a un amigo de Luis, él iba con otra chica. La química se dio de inmediato, ella tenía veinte años y él veinticuatro; la pasión se dio como un huracán, eran el uno para el otro, ambos sabían que juntos los esperaba una vida.

Luis gozaba de su soltería, viajaba con regularidad y conocía a mucha gente, tenía buenas relaciones públicas gracias a su trabajo como consultor empresarial y su posición económica era envidiable; al conocer a Mónica, nació el deseo de compartir todo con ella.

Ella tenía una hermosa sonrisa; estudiaba antropología, era rebelde ante las ideas conservadoras, expresaba abiertamente su ateísmo que incomodaba tanto a sus padres como a los de Luis y en ocasiones se enfrascaba en discusiones absurdas.

Luis, ilusionado, destinó todos sus ahorros a comprar un departamento en la colonia Condesa de la Ciudad de México. La boda para ellos fue una hermosa fiesta y su luna de miel, incomparable. Se juraron amor eterno y él prometió no morir antes que ella.

Para ambos fue inolvidable el momento en el que se amaron por primera vez, ocurrió durante unas vacaciones en el rancho del abuelo de Luis. La familia era muy conservadora y no les permitía intimar, a pesar de que ya estaban comprometidos y eran mayores de edad. Sin embargo, lograron escaparse a una hermosa zona boscosa, cercana a un lago; lugar más romántico para Luis no había.

—Este lugar tiene magia, por eso estamos aquí— dijo él.
Con cierta timidez, Mónica esbozaba una tierna sonrisa.
—Está increíble el lugar... ¿y, si alguien viene?
—No, éste es mi refugio... sé que por lo menos a esta hora "estamos a salvo".
Luis tomó a Mónica tiernamente por la cintura, acercando su boca a la ella.

—Te amo— fueron las únicas palabras mencionadas por Luis antes de seguir.

Se olvidaron de la vista maravillosa que tenían alrededor, del crujir de los enormes pinos. Las caricias los llevaron poco a poco a un placer en aumento. Después de cinco meses juntos, este momento era nuevo, la pasión dio otro sentido a la relación. Una vez que terminaron, Luis miró hacia arriba, después a Mónica y sonriendo dijo —he tocado el cielo, desde que te conocí anhelaba vivir esto y sobre todo en este lugar...

Mónica sonreía, pero de pronto hizo una mueca y dijo —no te quiero perder jamás, me muero si no estoy contigo. Prométeme que te vas a cuidar y que vamos a vivir muchos años juntos—. Unas lágrimas brotaron de sus ojos, mientras su sonrisa volvía a aparecer...

Se quedaron recostados un rato, sintiendo el aire fresco en sus caras, mientras se seguían acariciando con cariño.

–Mónica, vivir contigo será maravilloso.

Se levantaron y volvieron al rancho.

Los primeros cinco años de matrimonio fueron un auténtico idilio, se reflejaba el amor y el cariño. El departamento con vista al Parque México era su "nido de amor", era sumamente acogedor, incluso le gustó tanto al padre de Luis que en la primera oportunidad compró uno en el mismo edificio, a manera de inversión. Como zona céntrica, la Condesa es una colonia muy cotizada, además que adquirió un gran auge por el tipo de construcciones porfirianas, todo estaba a la mano: restaurantes, cines, cafés, teatros, parques.

Luis trabajaba a cinco minutos de su casa, procuraba comer con Mónica diario y todas las noches salían, la zona era muy segura. Querían estar juntos todo el tiempo, el dinero no faltaba, podían viajar y disfrutaban del rancho de la familia; hasta entonces la relación era perfecta.

A los dos años de casados, el padre de Luis enfermó y falleció. Mónica brindó a Luis un apoyo incondicional. Años más tarde, por falta de recursos económicos, la familia de Luis se vio obligada a vender el rancho; la muerte de su padre fue un duro golpe anímico para todos por la cercanía y la unidad de la familia.

Más tarde, se le presentó a Luis la oportunidad de abrir su propia consultoría en sociedad en Toluca. Era el momento de refrescar la relación. Solicitaron un préstamo para adquirir una casa en Metepec, esto representó un cambio radical en sus vidas. Toluca era una ciudad con pocos habitantes, no tenían familiares ni amigos, pero nada de eso pareció importarles, además, Mónica ya había terminado sus estudios de antropología, una nueva vida comenzaba para los dos.

El patrimonio iba en aumento con inmuebles, inversiones y acciones. Luis estaba dedicado a su trabajo, no tenía tiempo para desarrollar otro tipo de actividad. Contrataron a alguien para las labores de la casa y así llegó Dolores a sus vidas.

Luis había dejado un empleo seguro, pero sin futuro. El reto de empezar una empresa nueva en tiempo de crisis era muy riesgoso. Luis hacía prolongadas jornadas, Mónica se resignaba a esperarlo sola hasta la noche. Al año, la situación se estabilizó, la empresa había superado el peligro. Mónica no soportó la idea de estar sola en casa y tomó la decisión de regresar a trabajar a la Ciudad de México, Luis se opuso pero percibió una crisis en la relación si no permitía que Mónica trabajara; la situación económica se desahogó aún más y pagaron el crédito de la casa.

Cada quién estaba muy concentrado en sus respectivos proyectos profesionales; ella consiguió un empleo en Toluca y celebraron felices diez años de matrimonio... en Gran Bretaña.

Al regresar las cosas no comenzaron a ir bien en el negocio de Luis. Mónica tenía pocas opciones de desarrollo profesional;

en el gobierno local tenía un trabajo que nada tenía que ver con su formación.

Comenzaron a tener fricciones de manera más frecuente, eran momentos de tensión por una situación complicada en el aspecto económico.

—Me arrepiento de habernos salido de la Ciudad de México— decía frecuentemente Mónica.

—Eso no me lo dijiste nunca... cuando te dije que quería vivir siempre en la Condesa, decías que era un conformista. ¿O no?

—Todo está lejos, nuestras familias no están aquí.

—Ahora resulta que extrañas a los injustos de tus papás... quién te entiende.

—Mejor cállate...

Así eran las conversaciones en ese momento.

La crisis económica del país los tomó con los dedos en la puerta, las ventas se cayeron estrepitosamente en el negocio de Luis, dos de sus socios, gente muy entrañable, pelearon y dejaron la empresa. Para cerrar con broche de oro, una auditoría determinó una multa. A Luis todo le parecía injusto, había forjado un patrimonio con mucho esfuerzo y ahora apenas podía con los gastos.

Vendieron su primer departamento y con ese dinero compraron una hermosa casa en el centro de Metepec. Luis puso todo a nombre de Mónica y acordaron que ella no trabajaría en ese momento para mantener al patrimonio familiar lejos de las autoridades hacendarias.

Fueron catorce años de matrimonio...

3

EL ÁLBUM

Por la noche, Santiago no podía dormir y se dedicó a buscar indicios. Encontró un álbum de fotografías de Luis y Mónica, eran muy jóvenes y en su mirada se notaba mucha alegría y amor.

Scottie estaba dormido en la cama con Santiago, cuando llegó Dolores con una jarra de chocolate caliente y pan dulce.

—Siéntese conmigo Dolores, cuénteme más de ellos. Acabo de ver este álbum y me llama la atención el brillo en los ojos de los dos, proyectaban mucho amor. ¿Por qué se divorciaron? ¿Por qué se impugnó el testamento? Sé que usted es muy reservada y leal, pero necesito saber más de ellos; mis padres nunca me han platicado nada de mi tía y temo que si lo hicieran me digan cosas que carezcan de objetividad.

Dolores clavó la vista y observando su tasa sin tomar chocolate, comenzó a hablar...

—Eran muy felices, la señora era muy entusiasta, algo enojona pero amaba al señor; él era serio, no platicaba conmigo. Ella siempre preguntaba por mis hijas y por toda mi familia, cuando necesitaba dinero me lo prestaban. Cuando me enteré que se iban a divorciar, fue una gran sorpresa; pocas veces los vi discutir, lo hacían sin faltas de respeto.

—¿Por qué se divorciaron?, ¿cuándo llegó Scottie?

—Al señor le iba bien en su negocio, pero hubo una crisis económica y todo comenzó a ir mal. La señora perdió su empleo y constantemente ambos estaban de mal humor. Dos años después, ella se fue de viaje para decidir sobre su futuro; él estaba destrozado por esta situación. Scottie fue un regalo del señor para ella en su cumpleaños; pobre, además de hacer una fiesta sorpresa, buscaba la manera de hacerla cambiar de opinión.

Dolores proseguía su plática, tratando de recordar a detalle todo eso. Santiago no entendía el motivo de la separación, por muy duras que fueran las circunstancias, se suponía que se amaban.

—Parece que la señora trató de volver de inmediato porque se sentía muy sola en Europa; el señor Luis estaba muy molesto y triste porque no tenía dinero, ella se había llevado todo el dinero que tenían ahorrado. No sé cómo, pero consiguió dinero y la alcanzó. Antes de eso, aceptó ser padrino de usted, el señor Esteban se lo pidió de forma especial.

Santiago contuvo la emoción de saberse parte de la historia.

Dolores proseguía.

—Sus padres Santiago, aprovecharon la ausencia de la señora Mónica para que no fuera su madrina. La separación momentánea les sirvió mucho, regresaron de Europa muy contentos y animados, se veían diferentes.

Santiago cambió un poco el tema para descansar de tanta información.

—Y este chaparro, que pasó con él mientras tanto?— refiriéndose a Scottie.

—El señor Luis lo dejaba con su mamá o conmigo, siempre procuró que el perrito estuviera bien. Por cierto, cuando se fue de viaje, alguien entró a su negocio de Toluca para robar, fue una época muy mala, era un problema tras otro.

Santiago se quedó pensativo. Dolores aprovechó para despedirse, recogió los platos y las tasas. Santiago acomodó en su cama a Scottie para que durmiera con él.

La noche fue rápida, Santiago no recordaba lo que había soñado. Scottie seguía dormido. Se dedicó a calcular el presupuesto para el arreglo de la finca, era mucho dinero, pero estaba decidido a remodelar la finca aunque sus papás no estuvieran de acuerdo.

Al medio día, se despidió de Dolores y acarició a Scottie, que con sus barbas aplastadas por la modorra solo levantó la cabeza.

Santiago llegó temprano a su casa, todavía había luz; sus papás lo recibieron con una inusitada euforia, deseaban que el interés por la finca hubiera menguado, pero la pregunta de Santiago los hizo desencantarse.

—¿Cuáles fueron los verdaderos motivos del divorcio mi tío?, quiero saber toda su historia.

Esteban, hermético como siempre, pensó que lo mejor era disminuir la curiosidad de su hijo, pero Juliana se adelantó:

—Porque tu tía Mónica estaba mal de la cabeza.

Juliana se levantó y se fue a su recámara.

Esteban comenzó a platicar con aire cauteloso.

—Tu tío siempre se preocupó porque a su esposa nunca le faltara nada, ni siquiera cuando él muriera, era su única heredera y al ser víctima de una auditoría hacendaria, decidió poner todo a nombre de ella, confiaba ciegamente en Mónica. Cuando escuchas que "el amor es ciego", es verdad; su situación económica era bastante mala y ella era muy grosera con nosotros, nunca estaba de acuerdo con nuestras ideas, por eso no quise que fuera tu madrina, no tenía las mismas creencias que nosotros, mientras tu tío buscaba la forma de sacar adelante el negocio y la relación, ella se dedicó a despilfarrar viajando a Europa constantemente y dando dinero a su familia. Tu tío estaba muy presionado, quiero pensar que estaba tan preocupado por levantar su negocio que no se daba cuenta de los excesos de su esposa. Las navidades eran tensas y pesadas, Mónica hacía comentarios muy agresivos sobre todos nosotros y él siempre se veía muy tenso.

Esteban proseguía:

—Tu tía espero el momento en que todo estaba a su nombre, excepto las deudas y le pidió el divorcio. La familia de

Mónica prosperaba con el negocio de su papá, y de un momento a otro acumularon un gran capital y sus actitudes cambiaron. Luis siempre estuvo seguro de que Mónica fue manipulada por su papá para quedarse con todo ya estando a su nombre, pues el matrimonio estaba bajo el régimen de bienes separados. Él enloqueció, la única persona en quien confiaba lo traicionó; un día llegó a su casa y estaba vacía, porque él se negaba a firmar el divorcio, fueron los empleados del papá de ella quienes efectuaron la mudanza.

—Luis amenazó a Mónica y a su suegro. Un día entró a la fuerza a la casa de ellos y sacó al perro, incluso les advirtió que si se les ocurría echarlo a la calle, iba a matarlos. Él no dejó su casa y Mónica vació todas las cuentas bancarias, así que tu tío tuvo que vender unas antigüedades que eran su tesoro más preciado para que Mónica le regresara una propiedad que había pertenecido a nuestra familia por varias generaciones. Mónica se quedó con todo lo de valor, jamás devolvió el anillo de tu tatarabuela; en fin, Luis perdió todo.

Santiago tartamudeó
—Pe... pero si se querían mucho

Esteban rápidamente contestó:
—Mucha gente se sorprendió, tu bisabuela Tella, una mujer muy fuerte, lloró al saber la noticia y pidió nunca volver a

saber nada de Mónica, pese a que la quería mucho. No hubo ninguna situación de infidelidad, pero la manipulación del padre de ella fue determinante.

—¿En verdad te interesa la finca?

La pregunta rápida y sorpresiva sacudió a Santiago

—Sí, me interesa mucho, incluso más que antes.

4

DIEZ AÑOS

Fue un año de ensueño. Mónica y Luis estaban como recién casados cuando cumplieron diez años, la fecha de aniversario fue inolvidable; él le dio un nuevo anillo, festejaron en el "Aud Pied de Cochon" con una cena muy romántica. La idea era celebrar en París, sin embargo, por cuestiones de trabajo, el viaje se pospuso.

Cuando por fin llegó la oportunidad de viajar para celebrar, estaban indecisos entre Vancouver y París; el atentado en las Torres Gemelas de Nueva York restringió varios vuelos y se decidieron por Londres, pues no la conocían y querían que la experiencia fuera nueva.

—¡Listo Mónica!, nos vamos a Londres en una semana! y de ahí, a París.

Mónica sólo observó, esbozando una sonrisa; sus familiares, asustados por el atentado, estaban sorprendidos de esa decisión.

Viajaron a Londres, París quedó descartado otra vez...

—Mónica, el sueño de toda mi vida ha sido conocer Escocia y lo tenemos a "tiro de piedra", hay fotos increíbles, además París ya lo conocemos, ¿qué te parece?

Mónica asintió, en los viajes no era la excepción, compaginaban como en todo lo demás. Luis se sorprendió al saber que únicamente eran cinco horas de Londres a Edimburgo, arreglaron los boletos del tren y salieron hacia la capital escocesa. Llegaron a la estación de Weverley por la tarde, consiguieron hospedaje, los hoteles eran más baratos que en Londres; encontraron un pequeño y acogedor hotel a cuatro cuadras de la estación.

Llegaron a Princess Street, las lágrimas brotaron de los ojos de ambos, la vista era maravillosa, habían llegado a una ciudad inimaginable, dejaron en el piso el equipaje mientras miraban hacia todas partes. Después de instalarse en el hotel, aprovecharon toda la tarde y la noche, había sido amor a primera vista, la ciudad era mucho más hermosa de lo que hubieran esperado.

—¡Mira el estilo "gótico"!— comentó Mónica.
—¡El Castillo!— dijo Luis emocionado— me fascina esta ciudad, no nos equivocamos al venir aquí. ¡Qué felicidad cumplir este sueño!

Era tal la fascinación que la ciudad provocó en Mónica y Luis, que poco caso hacían al temor que la prensa difundía sobre supuestos casos de ántrax. Ese día, recorrieron la ciudad hasta que anocheció. Fueron a cada rincón de Edimburgo, no querían que nada se les pasara sin ver. Fueron al singular "Museo del Whisky", disfrutaron el sabor especial de la bebida, conocieron el monumento a Bobby, el perro guardián del panteón principal, porque al morir su amo durmió todos los días en la tumba y pronto se convirtió en un héroe de la ciudad.

Les encantaron las costumbres escocesas, las ánforas, la vestimenta y los sonidos de las gaitas que escuchaban en todo momento. No eran muchos días los que tenían, pero se daban tiempo para descansar y hacer un *picnic* en alguno de los parques de la ciudad; era como si el tiempo se detuviera para ellos.

Visitaron Glasgow, Luis quería conocer esta ciudad por la tradición futbolera y porque es el centro financiero e industrial del país.

—¡Me fascina todo lo que he visto!— comentó Luis.

—La gente es maravillosa. Nunca imaginé que estos diez años juntos los celebraríamos con este viaje increíble— dijo Mónica.

Compraron artículos escoceses: ropa, objetos de decoración y hasta chamarras de los equipos de fútbol locales. Todo había salido perfecto, estaban muy contentos.

Se prometieron regresar pronto...

La pareja regresó de Londres llena de sueños y expectativas. Sin embargo, después de una década de mucho trabajo y prosperidad vino una crisis en la empresa de Luis, las dificultades económicas se acrecentaron y había mucha tensión entre ambos. Habían hecho un pacto para no usar el dinero de las inversiones, las propiedades o los objetos de valor; los autos siempre habían sido austeros, eran herramientas de trabajo más que un lujo así que tampoco eran opciones considerables para saldar las deudas y su venta tampoco sería significativa. Poco a poco disminuyeron su nivel de vida.

La tensión aumentó, y Luis comenzó a tener problemas con su familia por la acelerada descapitalización. Su ánimo no era el mejor, la pareja prefirió aislarse o convivir más con los padres de ella.

La crisis persistió y la situación era prácticamente insostenible, así fue por dos años más y su matrimonio se deterioró. Mónica no había podido conseguir empleo, tenía deseos de especializarse y convenció a Luis de acompañarla a una feria de universidades británicas. Luis accedió pensando que la idea pasaría pronto debido a los problemas financieros, salvo que ella obtuviera una buena beca; por otro lado, no quería separarse de ella en el momento que más la necesitaba.

Mónica estuvo muy activa en la feria, al parecer ya había investigado por Internet las opciones educativas, Luis estaba feliz de verla tan contenta, todo el tiempo ocultaba la preocupación por sacar adelante la empresa.

Dos meses después, Mónica anuncia a Luis que se iba a Escocia para tomar un curso de tres meses.

—Me voy, quiero vivir ese tipo de experiencia. Ven conmigo.
—¿Con qué dinero?— contestó Luis muy sorprendido.
—Es algo que mucha gente hace; algunos de tus tíos también estudiaron en el extranjero.
—Pero ellos tienen más dinero que nosotros; no creo que los ahorros alcancen para los dos, sólo podrías ir tú.

— Entonces, me voy.

Mónica sacó todos los ahorros. Luis no estaba enojado, sino desconcertado, su amor por ella le impedía estar molesto. De cierto modo quería verla realizar sus sueños, pensando que la crisis tendría que terminar en algún momento.

5

SCOTTIE

El primer viaje a Escocia provocó en Luis y Mónica un interés por todo lo escocés, su cultura, vestimenta, whisky, historia y... los perros. Luis había tenido un Fox Terrier, el "Pichojos" cuando era niño y después adolescente, siempre le gustaron los terrier escocés, raza poco popular en México.

Mónica después de ese viaje a Escocia constantemente decía:
—¡Espero que en mi cumpleaños se aparezca un "Scotch"!

Luis buscaba por todos los medios un perro de dicha raza para dar gusto a Mónica, pero en realidad intentaba buscar un motivo para que ella se quedara y no tomara el curso en

Escocia. Poco antes del cumpleaños de ella, Luis consiguió un cachorro y de inmediato lo llamó Scottie. Lo que le llamó la atención fueron sus ojos cafés, sumamente expresivos y demasiado vivarachos.

El cachorro fue un vínculo muy importante entre ambos y la comunicación se facilitó. El día que se lo dio a Mónica, Luis preparó una gran fiesta sorpresa, su mamá y su hermana Alejandra le ayudaron; Mónica recibió feliz y emocionada al perrito que en ese momento cabía en una mano, estaba muy pequeño y por ello resintió la separación de su madre, tuvo un malestar intestinal y estuvo cinco días muy enfermo, estuvo a punto de morir, pero la fortaleza que caracteriza a su raza lo salvó.

Scottie era muy juguetón y cariñoso. Disfrutaban mucho de salir a pasear y de ir a jugar con él en el parque, le compraban cada tres meses una pelotita de futbol de diferentes colores, hasta que de tanto jugar y morderla se rompía o la ponchaba; un perro muy inteligente, era muy divertido cuando reponían la pelota de otro color y dejaban que él sólo la descubriera y la sacara de la bolsa de la tienda.

Lo llevaban de día de campo y a otras actividades. Durante una novillada en un cortijo, los novillos no llegaban y el anfitrión de la fiesta pidió prestado a Scottie para que entrara como si fuera un ternero. El perrito entró corriendo, toda la tribuna gritó y aplaudió, pero Scottie salió despavorido, provocando las risas de los asistentes.

Era totalmente negro con un pequeño mechoncito blanco en el pecho, al principio no se le paraban sus orejitas, tan características de los Scottish Terrier, de hecho nunca las llegó a tener totalmente puntiagudas, pero se le pararon casi como a cualquier otro Scottish, cuando lo llevaron a la estética y le quitaron el exceso de pelo.

En cuanto a tamaño era más grande de lo que por lo general son los Scottish, pero en verdad era hermoso y todo lo aprendió muy rápido, en alguna ocasión cayó una terrible tormenta, Mónica y Luis decidieron que durmiera dentro de la casa, a partir de esa noche ya nunca más volvió a dormir afuera, como buen guardián ladraba muy fuerte cuando escuchaba ruidos extraños en la calle y aullaba cuando escuchaba a lo lejos una ambulancia, aunque Mónica no lo dejaba subir a la cama, cuando Luis dormía la siesta lo llamaba a la cama para que durmiera con él.

Scottie disfrutaba de todo, desde pasear con la correa, hasta paseos en coche y ladraba a cuanto perro veía. Le encantaban las pizzas, pero, en una ocasión, Luis regañó al repartidor por llegar tarde y desde ese momento también el perro le ladraba a las motos.

Pasaron dos meses y Mónica no cambió de opinión respecto al viaje; se despidió secamente de Scottie y de Luis, quien contuvo las lágrimas para no incomodar a los padres de ella en el aeropuerto y hacer más fácil la situación.

Con la ausencia de ella, Luis sintió la necesidad de acercarse a los padres de Mónica y los llamaba con frecuencia.

Mónica llegó a Dundee, pero tampoco resistió la soledad y envió un correo electrónico a Luis diciendo que lo amaba y que se volvería loca si no estaba con él; que se regresaría a México y que perdería todo el dinero, porque ya había pagado el curso y no había reembolso, pero no hubo vuelos disponibles por ser verano. Mónica sufrió mucho, lloraba todos los días. Luis sentía una enorme desesperación, pues también tuvo problemas graves en la empresa, su negocio fue presa de un robo y las ventas siguieron en picada. Mónica compartía una cuenta de cheques con su padre; Luis tomó dinero de ahí a sugerencia de ella, bajo la condición de que lo pagaría a su regreso con los intereses financieros correspondientes y viajó hasta Escocia. Esto causó molestia en los padres de Mónica y la buena comunicación entre ellos y Luis se perdió; él solamente quería alcanzar a su amada esposa.

Al regresó de Escocia, Luis pagó el dinero y al enterarse de la molestia con el de parte de los padres de Mónica, trató de aclarar la situación cuanto antes.

—Mónica, te pido aclares con tus padres esta situación que me incomoda. El esposo de tu hermana siempre ha tenido más privilegios que yo y jamás se han molestado con él.
—Sí Luis, yo lo veo.

No obstante, Mónica nunca se preocupó por el asunto y los problemas se acrecentaron. Cada visita a los padres de Mónica era un motivo de pleito y de estar a disgusto, siempre discutían por lo mismo.

—Así como hechas a perder las comidas de mi familia, ¡no hay cosa que más deteste que ver la cara a tus papás!
—¡Pues yo no pienso volver a poner un pie en casa de tu mamá!
—Seguro, mi mamá se pondrá tristísima!, ja ja ja ja— respondía Luis con ironía.
—¡Lárgate de mi vista!

Scottie era su único punto de unión.

6

EL REENCUENTRO

Ahora no había sido en tren, donde la vista de la campiña inglesa ofrecía un trayecto hermoso y espectacular. Luis llegó en avión, vía Ámsterdam. El deseo por estar con Mónica hizo que todo el viaje fuera feliz; al sobrevolar Edimburgo, antes del aterrizaje, recordó el primer viaje de dos años antes, aunque se habían prometido volver hacía dos años, nunca imaginaron que iba a ser en estas circunstancias.

Desde el avión, se encontró con la vista del castillo que identifica a la ciudad y que les había fascinado, su corazón latía más rápido; después de tres meses de soledad y angustia volvería a estar con Mónica. La vio muy delgada, la depresión le afectó mucho. Cuando se abrazaron, ninguno de los dos podía creer lo que estaba pasando...

Mónica iba acompañada de Jill, una escocesa pelirroja; se habían hecho buenas amigas. Jill manejaba los negocios internacionales de la Universidad donde estudió Mónica el curso. Durante el trayecto de Edimburgo a Dundee en el auto de Jill, la plática fue amena, Luis estaba feliz.

Llegaron al departamento que Mónica rentó, Jill se fue de inmediato y ellos se abrazaron por un largo rato. La noche fue larga, los besos y las caricias las sintieron como la primera vez, además de la intensidad de emociones, las lágrimas fluían en todo momento, simplemente fluían, la palabras que se decían salían del corazón, las miradas eran intensas. Luis no pensaba en nada que no fuera Mónica, no tenía otra razón más para vivir que ella, cayeron agotados... hacía mucho que no habían sido tan felices.

Luis cumplió un par de sueños más, conoció el Lago Ness y St. Andrews, donde está el primer campo de golf del mundo y una de las universidades británicas más importantes; ella ya conocía esos lugares y con él los vivió de una manera diferente. Conocieron otras ciudades, Aberdeen, Perth y volvieron a Edimburgo, donde dos años antes habían vivido momentos mágicos. Aprovechaban cada instante.

Fue en St. Andrews estando ambos sentados en una banca, cuando vieron un Scottish Terrier más grande que Scottie, de hecho fue el único que llegaron a ver con un tamaño mayor que el de su amado Terrier, platicaron sobre esa situación con el dueño un rato sin que hayan encontrado un motivo sobre el tamaño de ese precioso perro.

El lago Ness desde niño estuvo en la mente de Luis, quién siempre tuvo la ilusión de estar ahí por la leyenda de Nessie y por tomar un bote que lo recorriera, lo conoció con la misma emoción que conoció la Torre Eiffel, la Torre de Pisa, el Coliseo Romano y tantas construcciones legendarias y lugares que había conocido en los viajes con Mónica y antes con sus papás; mientras recorría el lago, el viento fresco pero agradable que sentía en la cara lo hacía sentir inmensamente afortunado, recapacitaba sobre lo feliz que era estar con Mónica de nuevo y de los bríos con los cuales regresaría a enfrentar cualquier tipo de dificultad a su regreso, no dejaba de observar lo negro de las aguas del lago y que una vez que se bajaran del bote, le pediría a Mónica que compraran un Nessie de peluche de recuerdo.

En un muelle de Dundee, con los graznidos de las gaviotas, recordaban con nostalgia el tiempo que estuvieron separados.

Fueron diez días de absoluta felicidad, se miraban, siempre se habían sentido el uno para el otro. Hacía más de quince años que comenzaron su noviazgo, ahora sentían que el amor había madurado. Luis se visualizaba toda su vida con Mónica, había superado la distancia. La sonrisa de Mónica ya dibujaba leves arrugas y a Luis el pelo se le había caído casi por completo. Se tomaban de la mano, como la primera vez, se abrazaban y se miraban como en aquel momento en que se besaron por primera vez en un auto.

Antes de volver a México, visitaron a Jill, quién platicó a Luis sus objetivos profesionales; ya sin la euforia de la llegada, Luis vio una posibilidad interesante de hacer negocios con Jill y salir de la crisis.

Al regreso, Luis tuvo la inquietud de poner una escuela de futbol de un famoso equipo de Glasgow, pero nunca tuvo respuesta. La relación con Jill se fortaleció y los visitó en México, conoció a Scottie; Luis le presentó un proyecto acerca de un nuevo sistema de consultoría en finanzas y administración, que podría funcionar bien en Gran Bretaña; era la oportunidad de revertir la multa que una auditoría le había impuesto, pero la empresa de Luis quebró.

7

EL DIVORCIO

Desde antes de casarse, a Luis le molestaba la adulación de su suegra Karina, le generaba incomodidad y desconfianza, incluso también a la familia de Luis.

Mónica solamente tenía una hermana mayor, Karen, que jamás se llevó bien con Luis; por el contrario, trató en varias ocasiones de causar problemas. Karen manifestaba una enorme agresividad, pues cuando era pequeña estuvo a punto de perder la vista; así que era la hija consentida y sobreprotegida; mientras que Mónica, por su formación en antropología y espíritu rebelde, fue considerada la oveja negra. La preferencia por Karen era evidente; Luis, con cinco hermanos, nunca comprendió ese favoritismo;

sus padres lo habían educado en un ambiente de equidad y respeto. Mónica no sentía lástima ni coraje por su hermana; la quería y la comprendía. Karen, por el contrario, abusaba de la confianza de ambos con dinero y otras cosas.

Don Richard, el padre de Mónica, era manipulado por la señora Karina, quizá por eso Mónica solía ser posesiva y dominante con celos enfermizos, a pesar de saberse amada por Luis. A su vez, Don Richard era excesivamente controlador de la vida de Mónica, influía mucho en su forma de pensar y actuar, al grado que Mónica se entrometía en muchos asuntos de Luis.

Una vez que Luis quebró, vino otro revés de su cuñada, quien convenció a Mónica de un viaje a Praga y Bruselas. Mónica volvió a tomar dinero de los ahorros, cuando la situación económica no era buena para ella y Luis. El viaje fue un fracaso, en lugar de unir a las hermanas las separó todavía más.

Por otro lado, al padre de Mónica le gustaba hacer reuniones frecuentes en un terreno en Tlahuac, en la Ciudad de México; era muy difícil y tardado llegar, más que una fiesta parecía una obligación y Luis terminó odiando el lugar, manifestaba su desagrado con comentarios sarcásticos. En la última comida que fue Luis, cayó una impresionante tormenta que causó que todos los asistentes quedaran empapados, Luis y Mónica duraron cuatro horas mojados, los días posteriores a ese evento provocaron en Luis una molesta tos.

Después de cuatro meses, en los cuales Luis estaba tratando de levantar de nuevo su negocio sin tomar ningún tipo de reposo, cayó enfermo con un insoportable dolor de oído, al día siguiente no hubo manera de conseguir un doctor, no podía levantarse de la debilidad que sentía; Mónica logró llevarlo con un médico y el diagnóstico fue contundente: neumonía. Luis estuvo varios días en casa; las altas temperaturas casi le provocan la muerte. Mónica, llorando, le decía que recordara su promesa de no morir antes que ella, Luis sólo la veía, no pensaba ni le preocupaba morir, estaba en un estado de paz.

Con los cuidados de Mónica, Luis se recuperó rápidamente de la enfermedad y también de la crisis; decidió independizarse de la sociedad y constituyó una nueva empresa.

Mónica seguía con sus planes por su parte, quería abrir una joyería en la Ciudad de México, pero Luis se opuso y ahí comenzó el desgaste más severo en su matrimonio. El padre de ella se había vuelto soberbio y arrogante, su situación económica estaba mejor que nunca; financió a Mónica y ella en su decepción por falta de apoyo de Luis pidió el divorcio.

—Quiero el divorcio.

Luis, incrédulo, sólo escuchaba

—Desde hace tiempo estoy pensando esta decisión, ya no nos llevamos bien, ya no es como antes.

—Está bien— apenas alcanzó Luis a contestar.

—Esta casa me corresponde a mí; tú puedes vivir en la pequeña.

Por la sorpresa, Luis no emitía comentario alguno, pero a través de las discusiones supuso que detrás de todo esto estaba la familia de su esposa. Los padres de Mónica, a espaldas de ella, habían consultado abogados para definir el manejo de los bienes, considerando que estaban casados por el régimen de separación de bienes y que todo estaba ya a nombre de Mónica.

Luis no dejaba de pensar qué había sucedido, lo intempestivo de la solicitud de divorcio lo había desconcertado por completo, pensaba que Mónica jamás lo había querido y que únicamente lo había utilizado, no encontraba motivo suficiente para un divorcio, sin embargo si algo no deseaba era seguir viviendo con alguien que no lo quisiera ni amara y que no estuviera dispuesta a sortear una crisis económica. Él, con su formación religiosa, creía totalmente en el matrimonio para siempre, sobre todo en la adversidad.

Luis comenzó a sentirse culpable de muchos errores que cometió en su matrimonio y que recordaba uno a uno, se sentía totalmente deprimido, incluso llegó a sentir que ya no merecía más a Mónica.

Ella, en cambio, tenía mucho coraje, un coraje que pensó sería permanente en contra de Luis y que jamás lo volvería a querer, ya no soportaba su presencia.

—Me comentaste alguna vez que todo está a tu nombre; él no puede hacer nada para cambiar eso— dijo Don Richard.

—Lo sé, pero quiero que él se quede en la casa pequeña, la que está en el pueblo; con la casa grande me conformo.

—Espero que sea un divorcio rápido.

—Yo también lo espero papá.

—Si quieres consultamos a un abogado, por si Luis busca evitar el divorcio.

Luis se sintió culpable por no ver la realidad y seguir enamorado de Mónica, cayó en una depresión muy severa y comenzó a beber todos los días; no quería decir nada a nadie, se sentía destrozado en todos los aspectos y profundamente avergonzado, sentía un gran fracaso a cuestas. Se negó al divorcio y a dejar la casa de mayor tamaño, donde vivían; Mónica, con mucho coraje, se llevó todos los muebles, las joyas, los regalos de boda y por sugerencia de Don Richard, también a Scottie.

El sentimiento de humillación y rabia se apoderó de Luis, quien sin pensarlo llegó un domingo a casa de los padres de Mónica, entró y dijo de manera abrupta:

—¡Me llevo a mi perro, si ustedes se atreven a meter un juicio para sacarme de la casa que yo compré y mantuve, los voy a matar, aunque me pudra en la cárcel!

Más adelante llegaron a un acuerdo verbal, Mónica era la dueña de todo. En el fondo aún sentía algo por Luis pero ya no podía retractarse, deseaba y pensaba que con el tiempo lo olvidaría, su orgullo estaba primero.

Dejó a Luis vivir en la casa, Scottie era feliz ahí.

Firmaron el divorcio. Mónica derramó algunas lágrimas; Luis, dolido, no emitió comentario alguno, se terminaba una historia de amor, donde el futuro se veía incierto para Luis en lo económico y en lo emocional.

Mónica se regresó a la ciudad de México y vendió la casa pequeña; Luis echó mano de sus pocas inversiones, de objetos antiguos de valor y solicitó un préstamo para recuperar una pequeña casita de campo que también estaba a nombre de Mónica, pero que pertenecía a la madre y a los hermanos de Luis.

Él se quedó a vivir en Metepec, en la casa donde vivió con Mónica y con Scottie; ella le dio su palabra de que nunca lo echaría de la casa, a pesar de que su padre ejercía una enorme presión, bajo el argumento que mientras más tiempo pasara, más difícil sería sacarlo.

Scottie era la mejor terapia para Luis. Mónica había educado al perro de una manera sorprendente, la comunicación era igual que con una persona. Scottie, siempre atento, parecía entender a Luis, este le platicaba, trataba de contener las lágrimas cuando lo hacía ya que captaba la angustia de su perro cuando estaba triste, en la plática con Scottie, la comunicación principalmente era con las miradas, Luis captaba perfectamente el cambio en la forma de mirar de Scottie y es así como lograron mantener una comunicación más allá de las palabras, las cuales Scottie entendía también, era curioso como la comunicación a través de miradas era más completa que muchas conversaciones, Luis y Scottie habían logrado un alto nivel de interacción para quienes creen en la comunicación y en la capacidad intelectual de los animales.

Luis se había sensibilizado sobre este aspecto, que su amor por los animales se incrementó considerablemente a través de Scottie y con todos comentaba convencido de que a través de la mirada de un perro puedes ver a Dios.

Participo en asociaciones de adopción de perritos callejeros por medio de aportaciones y ayuda en especie.

Con el paso del tiempo, Luis pensó que volvería a disfrutar de una soltería como la que tuvo antes de conocer a Mónica, sin embargo se había vuelto más neurótico y exigente, no le gustaba que las mujeres sólo pensaran en formalizar una relación y el sexo sin compromiso ya lo hacía sentir vacío.

Los padres de Mónica la orillaron a iniciar un juicio para recuperar la casa; sabía que tarde o temprano la iba a perder. Le atormentaba sentir odio y amor a la vez, en todo lugar estaba ella, canciones y recuerdos se mezclaban sin cesar. Pensó que tal vez le hubiera gustado tener un hijo con Mónica a quien heredar y con quien compartir la vida.

Después del divorcio y del abuso por parte de Don Richard para administrar los bienes de su hija, ella hizo lo posible por volver con Luis; ambos lo intentaron pero no pudieron superar los rencores.

8

LA REMODELACIÓN

Santiago había concluido la maqueta del proyecto, como arquitecto conocía los costos de los materiales y la inversión sería alta. En su cabeza revoloteaban las ideas sobre un financiamiento, todas las opciones parecían inviables. Sus amigos le ayudaron a pintar, arreglaron las regaderas, aunque todavía faltaba agua caliente y regularizar el contrato de la luz; la alberca requería impermeabilización y otras tareas de mantenimiento, pero lograron limpiarla.

La Quinta Estancia consta de cuatro recamaras, todas con su baño, a la entrada había un recibidor con un enorme domo de cristal redondo, el cual ya no estaba, a mano derecha a nivel de la entrada, el pasillo con los dormitorios, la recamara principal hasta el fondo, las escaleras antes del pasillo de las recamaras; al bajar del lado izquierdo la cocina, el antecomedor y el comedor, del lado derecho una enorme estancia, donde estaba la televisión, las escaleras proseguían pero ya al aire libre donde está la alberca, un desnivel más abajo había una cancha de bádminton, la cual había hecho el tío Luis que disfrutaba de ese deporte, pero que por el crecimiento del césped y la falta de mantenimiento durante cinco años, se había perdido por completo.

Las recamaras no eran muy grandes pero les daba el sol, a las de la izquierda durante la tarde, a la recamara a mano derecha del pasillo durante la mañana y la recamara principal tenía dos ventanales por lo que entraba el sol todo el día, a Santiago le fue asignada una de las recamaras de la izquierda que fue la de su tío, aunque hubiera preferido que le asignaran la principal por sus ventanales.

La alberca tenía ya fugas por todas partes, no retenía el agua y por lo tanto la misma no podía ser llenada, el cuarto de estar era el más bonito ya que era muy agradable estar ahí, ya con televisión y juegos de mesa, además de una cava y una cantina, se podía dejar muy agusto, así lo imaginaba Santiago, así sería en el futuro.

Pasó una semana en la finca, quería alejarse de la ciudad y de su rutina. Scottie disfrutaba sentarse y observar a los jóvenes entusiastas tratando utópicamente de tener una casa de campo para disfrutar los fines de semana. Santiago sabía que los gastos le correspondían y se sentía muy agradecido de haber recibido ayuda.

No había televisión; las diversiones eran las propias de un campamento: hacer fogatas, cantar, contar chistes y hacer recorridos nocturnos por los alrededores. Dolores era paciente y aunque ya había llegado el nuevo dueño, sabía que aún no era el momento de irse, Scottie prefería quedarse con ella, porque los muchachos se iban a dormir hasta la madrugada.

Santiago estaba pensativo, sabía que ese entusiasmo desaparecería si no había avances radicales, no quería desistir. Pensaba en su tío y le acongojaba la actitud de Mónica, cómo había sido capaz de arruinarlo y por qué la familia de ella tenía odio hacia él. Quería cumplir con la voluntad de su tío. Después de tanto pensar, llegó a la conclusión de que no tomaría una decisión con respecto a la finca hasta no saber toda la historia, quizá el único objetivo de heredarle la propiedad era fastidiar a los familiares de su tía, que habían impugnado el testamento. Santiago sabía que no tenía nada que perder, si bien su tío no propició una relación cercana, ahora agradecía que éste hubiera pensado en él como su heredero.

Dolores se esmeraba durante el desayuno, los amigos de Santiago sentían la hospitalidad y les causaba mucha gracia que Scottie aún pidiera tortillas, éstas siempre le habían gustado. Luis le daba comida de todo tipo y eso molestaba mucho a Mónica que solamente le daba croquetas.

Scottie dormía gran parte del día y los muchachos también ya se habían encariñado con el perrito; Santiago ya lo consideraba su mejor amigo. Llegó el domingo y había que regresar a la ciudad, Santiago se despidió de Dolores y acarició a Scottie, ya era un ritual.

Santiago regresó ya sin amigos a la finca el siguiente fin de semana y entró a su habitación, Dolores por instrucciones de Luis, le había asignado ese cuarto; saber el porqué de todo, se estaba convirtiendo en una obsesión sin respuestas, Scottie, por algún motivo, se sentaba siempre de la misma manera, en el mismo lugar, viendo hacia el mismo ladrillo de la pared en la recamara de Santiago...

Santiago se recostó, con la mirada hacia el techo y en ese momento se dio cuenta de que la clave estaba en Scottie, que arañó el ladrillo de la pared, ya con sus muy desgastadas garritas. Santiago pensó en un posible tesoro escondido y al acercarse a Scottie, este comenzó a mover la cola con mucho entusiasmo, se veía tan feliz...

9

LOS AÑOS DE SOLEDAD

La descapitalización ocasionada por el divorcio hizo que Luis redoblara esfuerzos y considerara volver a trabajar como empleado, hasta que recibió una llamada de Escocia.

—Luis, hola, me gustaría que pudieras venir.
—Hola, Jill, reconocí tu voz de inmediato.
—No puedo sola con el negocio, tengo que viajar constantemente a Manchester y Belfast, además tengo mis clientes aquí en Glasgow; el sistema que me recomendaste ha sido un éxito.
—Qué buena noticia, dime cuándo quieres que vaya para organizarnos.

—Lo más pronto posible, en unos días si tú puedes.
—Tomo el primer avión y te veo allá en Glasgow
—¡Te espero! —, contestó Jill entusiasmada

Luis sintió una nueva sensación mientras volaba, saber que su sistema era útil en Gran Bretaña lo motivaba y también la idea de ver a Jill; una vez que llegó, ella lo recibió efusivamente. Trabajaron durante tres meses, estaban logrando implementar el sistema de negocios en varias ciudades de Gran Bretaña, el trabajo era agotador pero el objetivo de consolidar la empresa lo valía. Luis capacitó a los consultores que contrataban, por fin veía una oportunidad de salir de su duro proceso económico. Jill era responsable de todo lo administrativo y Luis se encargaba directamente de la parte estratégica e implementación del sistema, así como de los registros de propiedad.

A los cuatro meses, Luis hizo una pausa y volvió a México para ver a Scottie, que se había quedado su mamá. El recibimiento fue muy grato, sus hermanos le prepararon una fiesta de bienvenida. Por primera vez después del divorcio, sentía que su autoestima estaba mejor.

El recuerdo de Mónica todavía estaba presente, sin embargo no había existido mejor terapia que el viaje y el trabajo, a Luis no le daban confianza los terapeutas y jamás contempló esa posibilidad.

Comenzó a extrañar a Jill, era una mujer que no sólo lo estimaba y lo hacía sentir bien, sino que compartía su pasión por el negocio de la consultoría y era muy bella.

Después de dos semanas regresó a Europa. Jill había logrado organizar al equipo de tal manera que no era mucho el personal contratado, pero estaba dando resultados rápidamente; los clientes estaban sumamente satisfechos por el servicio y algunos querían asistencia permanente.

Jill no hablaba de otra cosa que no fuera la empresa y Luis pensaba en quedarse en Escocia y se llevó a Scottie con él. Pronto abrieron oficinas en Londres, Liverpool y Belfast; además, cabía la posibilidad de abrir otra oficina en París, sin embargo Jill era cautelosa, no quería que el desarrollo tan vertiginoso los absorbiera.

Durante dos meses convivieron casi todos los días, la empresa ya estaba consolidada y el trabajo comenzaba a tomar su cauce. La relación entre ambos pasó de la amistad personal a cierta complicidad, se besaron sin decir nada y así comenzó una relación más allá de los negocios; se gustaban y disfrutaban estar juntos, pero había algo en ambos que no hacía que ese deseo se tornara en algo más serio.

Luis y Jill mantenían una relación perfecta en los negocios, la constitución de la empresa fue totalmente transparente y los derechos y obligaciones de los dos quedaron muy claros, las aportaciones de ella fueron fundamentales para garantizar a Luis una seguridad en cuanto a su inversión y los dividendos que se estaban generando.

Las empresa ya estaba consolidada, abrieron oficinas en Dublín y Aberdeen y en lugar de París, abrieron una más en Ámsterdam ya que ofrecía mejores perspectivas. En los negocios no había dificultades, sin embargo, ambos sabían que no se amaban, no se sentían complementados en ese aspecto. Luis seguía pensando en Mónica y Jill deseaba otro tipo de hombre, más alegre y sin fantasmas. Mantuvieron la amistad por encima de todo y se limitaron al trabajo con profesionalismo y respeto.

Jill conoció a Andrew unos meses después y se casó con él. Luis se alegró por ella y entonces decidió que era momento de volver a México; su situación económica había mejorado notablemente y podía estar en contacto con Jill para el control de la empresa.

Luis compró otra casa, con un jardín grande para que Scottie pudiera jugar; se dedicaba totalmente a la consultoría y sostenía relaciones pasajeras con diferentes mujeres sin que lograra formalizar con alguna; Mónica seguía presente.

Después de muchos años, Luis sintió que al fin llegaba a su vida la tranquilidad tan anhelada, ya no tenía que vivir para pagar deudas, casas o divorcios; se sentía libre. Scottie era su única prioridad, ahora podía trabajar medio día y dedicar toda la tarde a su perro, procuraba llevarlo a todas partes o buscaba quién pudiera cuidarlo como él mismo. A Luis nunca le gustaron mucho los niños, Scottie era todo para él.

Habían pasado ocho años del divorcio con Mónica, el contacto con ella era inexistente. Por Jill se enteró que Mónica había sido defraudada por sus padres y que se había refugiado en una hermosa finca en San Luis Potosí; sabía que ella era impredecible, hacía cosas increíbles, fuera de toda lógica. La casa donde vivió con Luis estaba en una excelente zona y su venta además de rápida fue muy buena, pagaron bien por ella y la otra casa también pudo venderla; adquirió de manera holgada la finca, la remodeló y mandó construir la alberca, aunque la usaba poco.

La zona era segura y tranquila, Mónica podía escribir con calma sus artículos de antropología, para entonces era una connotada investigadora con reconocimiento internacional y su situación económica era muy buena, sólo iba cada quince días a la Universidad. Durante esos años, Mónica buscó a Dolores y se la llevó con ella a la finca, fue una compañía invaluable, era como la madre y la familia con la que nunca contó y quizá ni siquiera tuvo.

El proyecto de remodelación de la finca la mantenía viva; también salía de vez en cuando con algún amigo pero tampoco había logrado olvidar a Luis, se sentía culpable por la ingenuidad ante su padre; había perdido a Luis y a Scottie. Platicaba y reflexionaba mucho con Dolores, recordaban cuando vivían todos juntos y felices, a pesar de los problemas económicos.

La felicidad fue algo que Luis no volvió a sentir, sus únicos momentos de regocijo se los proporcionaba Scottie.

Un día en la oficina, Luis se desmayó y hasta que llegó al hospital recuperó la conciencia. Las noticias eran fatales, había desarrollado un tumor en el cerebro, que por su tamaño la operación implicaba quedar en estado vegetativo; en ese momento, quiso ver a Mónica, quizá ya no hubiera oportunidad en el futuro.

Los días posteriores fueron para decidir lo que haría con sus dos últimos años de vida que le pronosticaron, su ausencia sería un gran riesgo para Jill, le preocupaba su mamá y Scottie. Voló lo más pronto que pudo a Glasgow y le contó todo a Jill.

—Jill, quiero venderte mi parte, con ese dinero podré vivir sin problemas el tiempo que me queda de vida.
—¿Ya le dijiste a Mónica?

—No, de ninguna manera. Suficiente daño me ha hecho; temo que su familia ni siquiera me dé el derecho de morir en paz y sin angustia económica. Pienso dejar todo a mi sobrino Santiago, soy su padrino y estuve muy poco con él, quiero que herede alguien de mi sangre.

—Mónica ya no está con su familia, ella también ha sufrido mucho. Está muy sola, ¿no has pensado en buscarla? No te ha olvidado.

—No sé, no sé si ella pueda sentir obligación hacía mí, quiero su apoyo y su amor, no su lástima ni su desprecio.

—Me parece inconsciente de tu parte Luis, por lo menos piensa que es una opción. En fin, ¿qué edad tiene tu sobrino, quieres que transfiera tu parte a su cuenta?

—No, aún es menor de edad. Quiero que mi hermano Adrián, que es abogado y que me ha apoyado mucho, sea el albacea mientras Santiago cumple su mayoría de edad.

—Bien, tus acciones valen veinte millones de libras esterlinas, no tengo ese dinero ahora pero puedo ir depositando a tu cuenta.

—Mira Jill, no tengo hijos, sólo quiero vivir desahogadamente y no ser una carga para mi familia, te vendo mi parte en cinco millones de libras. Mi hermano tiene el testamento, no sabe que estoy enfermo ni el monto de mis bienes, es ahí donde necesito que apoyes a Santiago y te coordines con mi hermano Adrian.

—Cuentas conmigo en todo lo que me pidas.

10

LA FAMILIA DE MÓNICA

El padre de Mónica se había dedicado durante veinte años a la comercialización de lácteos, cuando ella se divorció, el negocio de su padre creció de forma considerable pero no había modernizado su sistema en cinco años; los productores buscaban a distribuidores más grandes y su empresa estaba en decadencia.

Don Richard murió a los 80 años. Rogelio, el tercer esposo de Karen, tomó el mando de la distribuidora. A Mónica le afectó mucho la muerte de su padre, pero ya no quiso involucrarse en asuntos de dinero con su familia, además de que la hicieron de lado en el testamento. Al morir Don

Richard, Luis llamó a Mónica para dar sus condolencias, fue un gesto que abrió una esperanza de reconciliación. Fue un breve diálogo y con muchos silencios, él tenía deseos de decirle cuánto la extrañaba, pero no era el momento adecuado; ambos se quedaron con un gran vacío...

La opinión de Rogelio, siempre era respetada en la familia, mantenía impresionadas a su suegra y a Karen. En la empresa era déspota con los empleados y comenzó una relación con la contadora, quien le facilitó poner todo a su nombre una vez muerto Don Richard, su suegra le cedió todos los derechos y le dio dinero para modernizar el servicio con el fin de no quedarse atrás de la competencia.

Rogelio se movilizó con mucha pericia, despidió a los empleados de mayor confianza de Don Richard. La empresa no tardaba en ir a la quiebra, Rogelio vendió todo en pocos días y se fue a Montreal con la contadora.

Karen y su madre estaban totalmente arruinadas; vendieron su casa para comprar un pequeño departamento en la colonia Narvarte en la Ciudad de México y acudieron a Mónica, pero esta vez no hizo nada por ellas. Karen fue hasta la Quinta Estancia, para pedir ayuda a Mónica...

Mónica indiferente, sin ninguna muestra de cariño por su hermana la recibió, la escuchó, pero no hizo nada por ayudarla...

Karen se fue... nunca más se volvieron a ver, Mónica aunque perdonó a su familia, no quiso saber más de ella.

11

JUNTOS OTRA VEZ

Luis avisó a su familia que volvería con Mónica, el tono festivo con que dio la noticia molestó a todos y nadie notó su deterioro físico por el cáncer; sólo su madre percibió que se trataba de una despedida y lo abrazó.

Con el paso de los días, Luis perdió fuerza, constantemente padecía mareos, su presión arterial no estaba bien y las ideas no fluían como antes. A sus 51 años, sabía que moriría pronto; sin embargo, mantuvo su enfermedad en secreto, incluso para Mónica.

Ella lo recibió en la finca con mucha ternura, no creía que nuevamente estuvieran juntos, fue como cuando se encontraron en Edimburgo. Scottie movía la cola con vitalidad.

—Nunca, nunca te dejaré ir Mónica
—Fuimos muy tontos, sufrimos tanto, pero hoy tenemos tiempo.
—Gracias por esta cena, jamás olvidé ninguno de tus exquisitos guisos. En estos años no había tenido orden, comía chatarra, fuera de horas, compraba tortillas para Scottie, jajajajaja.
Jajajajaja, siempre lo supuse, bienvenido a la comida gourmet de nuevo.

Ese reencuentro los volvió a la vida. Luis no sintió más dolores de cabeza, no faltaba el dinero y estaban juntos casi todo el día; pocas veces recibían visitas. Scottie parecía un cachorro nuevamente, era un miembro más de la familia y sin duda, un vínculo trascendente en sus vidas, a Scottie le encantaba subirse a una pequeña lancha de plástico en la alberca.

Luis lo tiraba al agua y Mónica se divertía mucho con esas escenas que casi todos los días se repetían.

Todas las tardes, después de comer, paseaban por los alrededores de la finca, eran caminatas muy agradables de una hora que los hacía sentir bien y que Scottie también disfrutaba mucho de ellas, eran momentos de mucha paz interior para los dos.

La sonrisa de Mónica no había perdido su candidez, lo hacía sonreír, era contagiosa para él y recordaba el primer momento en que la vio.

Luis tenía mucha confrontación en sus sentimientos, no había superado los duros momentos del divorcio y tampoco quería que Mónica se quedara desprotegida una vez que él no estuviera. Mónica también recordaba constantemente su propia conducta durante la separación, las familias de ambos nunca estaban en las conversaciones.

Esta vez no se enfocaron en los problemas, ambos tenían mucho interés por vivir con toda intensidad cada momento, querían recuperar el tiempo que estuvieron separados. Fueron cuatro años de felicidad absoluta, pero la enfermedad seguía latente en él.

—Voy a México, tengo una cita médica para una revisión general, dijo Luis.
—Vamos, te acompaño. Contestó Mónica con entusiasmo.
—No te preocupes, mejor quédate con Scottie, me sentiría más tranquilo si tú lo cuidas.

Luis fue solo a la ciudad de México, estuvo tres días; el tumor seguía ahí...

12

EL ADIÓS

Mónica murió antes que Luis. Tenía cáncer de estómago y también lo había ocultado. No hubo día en que Luis no la extrañara, los últimos años habían sido los más felices de su vida, también a Mónica le habían pronosticado menos tiempo de vida, pero logró vivir varios años más.

Ella heredó la finca a Luis como símbolo de su amor, desafortunadamente él recibió muchas llamadas insultantes y con amenazas por parte de Karen, la hermana de Mónica.

—Karen, lamento mucho que siempre me odiaras... nunca me interesaste y nunca cedí a tu acoso, siempre amaré a tu hermana. Nos causaste mucho daño. Solo has tenido odio en tu corazón y hoy estás vacía. No responderé a ningún insulto, tú sola te creaste el infierno en el que vives... lo siento... adiós—. Luis colgó el teléfono.

La reacción de Karen lo hizo recapacitar acerca del distanciamiento con su propia familia. Decidió acercarse a su madre, siempre una mujer muy fuerte; la visitó y le contó de su enfermedad. El apoyo de sus hermanos lo reconfortó mucho.

Luis les informó que regresaría a la finca, quería pasar ahí sus últimos días, recordando su última etapa con Mónica y pidió no interceder para una posible cura, no deseaba vivir en estado vegetativo. No todos estaban de acuerdo, pero respetaron su decisión, Luis sabía que además debía ser prudente y cauteloso para cuidar la herencia de Santiago y de obrar correctamente; quería morir con la conciencia tranquila y en paz.

Cuando llegó a la finca, quitó un ladrillo de la pared de su recámara, a la cual se habían cambiado Mónica y él, porque a Luis le molestaba la luz de la recamara principal; mostró a Scottie sus galletas que lo entusiasmaban y que antes daba brincos descomunales, ahora sólo movía la cola un poco más rápido. Luis entrenó a Scottie durante un mes, antes de morir abrazado a su amado perro escocés, donde los hermosos ojos cafés de Scottie fueron lo último que vio.

Luis nunca imaginó que su testamento sería impugnado y menos que el juicio duraría cinco años.

Esto último era lo que Scottie quería decir a Santiago cada vez que arañaba el ladrillo. Santiago fue a su coche por herramienta y golpeó la pared una y otra vez, aunque el ladrillo de hasta abajo no estaba sellado, logró removerlos todos, vio una bolsa y la sacó; Scottie movía la cola, ahí estaban sus galletas y una carta.

Querido Santiago,

Casi no conviví contigo, fui un mal padrino, no sé si vayas a encontrar esta carta y si Scottie pueda indicarte dónde está, lo entrené para encontrar sus galletas (con la carta en la misma bolsita) y ojalá te haya guiado bien.

Amé a Mónica como a nadie en toda mi vida, es algo que nadie va a entender, pero sufrí mucho sin ella y te pido no juzgarla. Si bien es cierto que ella y su familia me arruinaron, no tengo nada que perdonarle; estuvo conmigo hasta el final.

Una persona de Escocia te localizará a su debido tiempo para informarte de lo que te toca de herencia, es una cantidad considerable; tu tío Adrián es la otra albacea, a ellos les dejé instrucciones para que fueran cuidadosos de que recibieras tu herencia sin ningún contratiempo y en el momento preciso. La razón de esta carta es para pedirte que renuncies a La Quinta Estancia y la cedas a la familia de Mónica; ella me la heredo a mí en lugar de a su madre, que hasta donde sé, está bien económicamente, pero les corresponde sin importar lo que haya sucedido en el pasado.

Eres mi único ahijado, espero que disfrutes cada momento y que Jesús esté siempre en tu vida y en tu corazón.

Te quiere Luis

P.D. Esta firma será validada por un grafólogo y un notario con el fin de autorizar la sesión de La Quinta Estancia a los familiares de Mónica. Con el dinero que te dejo podrás tener veinte fincas y más.

Dos días después de que Santiago encontrara la carta, se comunicó con su tío Adrián e hicieron una cita ante el notario. La señora Karina se presentó para recibir los documentos de la propiedad.

Santiago no lo podía creer, a sus 22 años era rico, salió de la notaría, cargó gasolina y se dirigió a la finca, sólo tenía dos pendientes... al caer la tarde llegó, se encontró con Dolores, trompicándose al bajar del auto por las prisas, le dijo que solamente se iba a despedir de ella y a llevarse a Scottie; el ama de llaves con semblante triste y alterada comentó que el perro estaba mal.

Santiago apresurado fue a su recámara donde Scottie lo esperaba... entró corriendo. Captó el movimiento de sus cansados ojos cafés, lo cargó y notó que respiraba agitadamente y con dificultad... lo abrazó... Scottie lo había esperado hasta que llegara para despedirse... cumplió su última misión... se fue al cielo.

FIN